DEFORMATION

变形

赵丽宏 著

人民文学出版社

图书在版编目(CIP)数据

变形 / 赵丽宏著. —北京:人民文学出版社,2021
ISBN 978-7-02-016905-4

Ⅰ. ①变… Ⅱ. ①赵… Ⅲ. ①诗集—中国—当代 Ⅳ. ①I227

中国版本图书馆 CIP 数据核字(2020)第 271731 号

责任编辑 **马林霄萝**
装帧设计 **陶 雷**
责任印制 **任 祎**

出版发行 **人民文学出版社**
社 址 **北京市朝内大街 166 号**
邮政编码 **100705**

印 刷 **三河市中晟雅豪印务有限公司**
经 销 **全国新华书店等**

字 数 **26 千字**
开 本 **850 毫米×1168 毫米 1/32**
印 张 **4.75 插页 4**
印 数 **1—5000**
版 次 **2021 年 4 月北京第 1 版**
印 次 **2021 年 4 月第 1 次印刷**

书 号 **978-7-02-016905-4**
定 价 **58.00 元**

阶梯和平地

是选择平地
还是选择阶梯

平地坦荡开阔
清晰地看见
远方的地平线
看不见暗藏危险
也不会突降的风险
向前走吧
可以慢慢地踱步
也可以拔腿奔跑
会越来越近

阶梯高低起伏
一级一级走
可以向上攀登
时时在高处

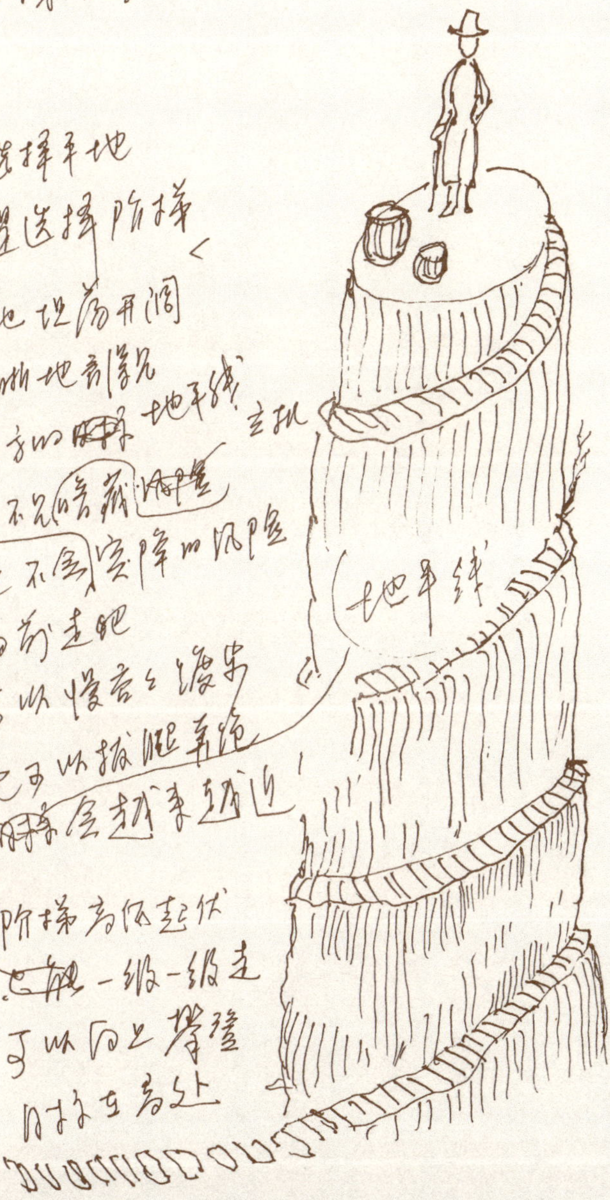

天堂的大门口

关门与门

并非永远开启

有时敞开，有时虚掩

有时紧紧锁 关闭

天堂的门口

没有武士站岗把守

想要进入的人

却总是在门外

徘徊犹疑

天堂的门内

藏着无形神秘的司芬克斯

一个个简单的问题

回荡在虚无之中

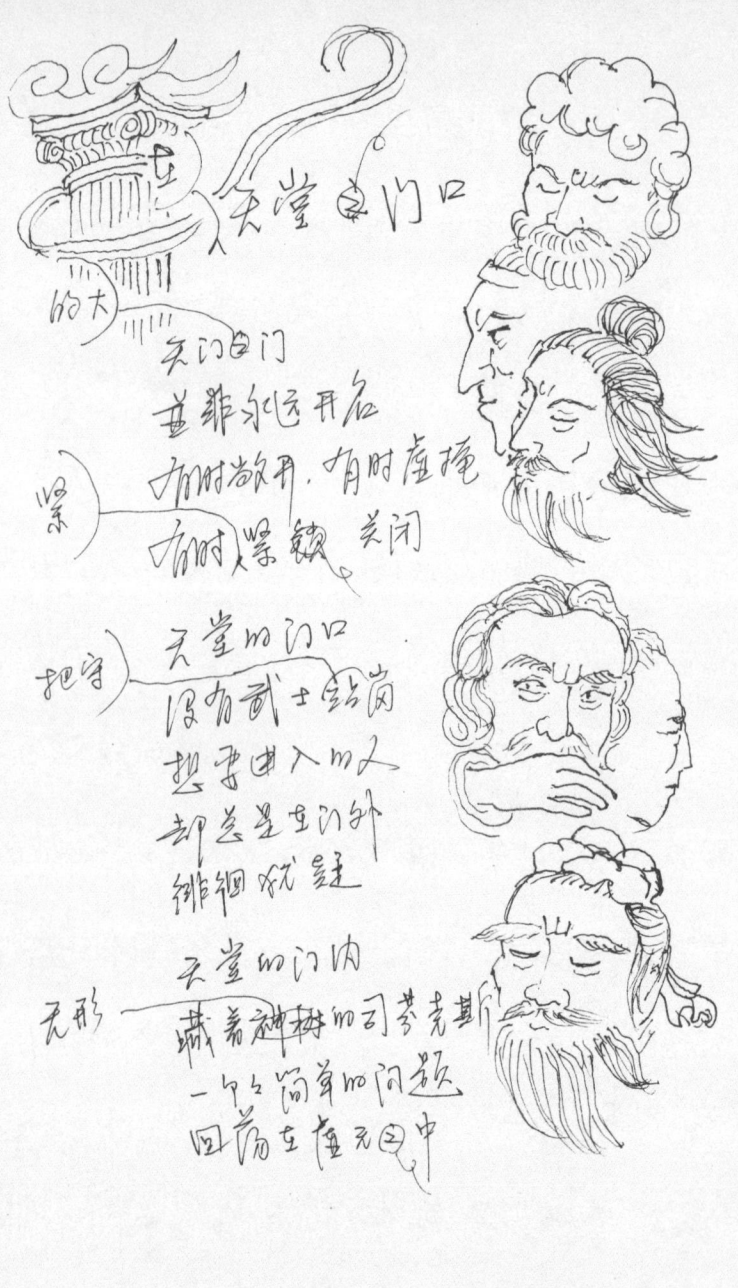

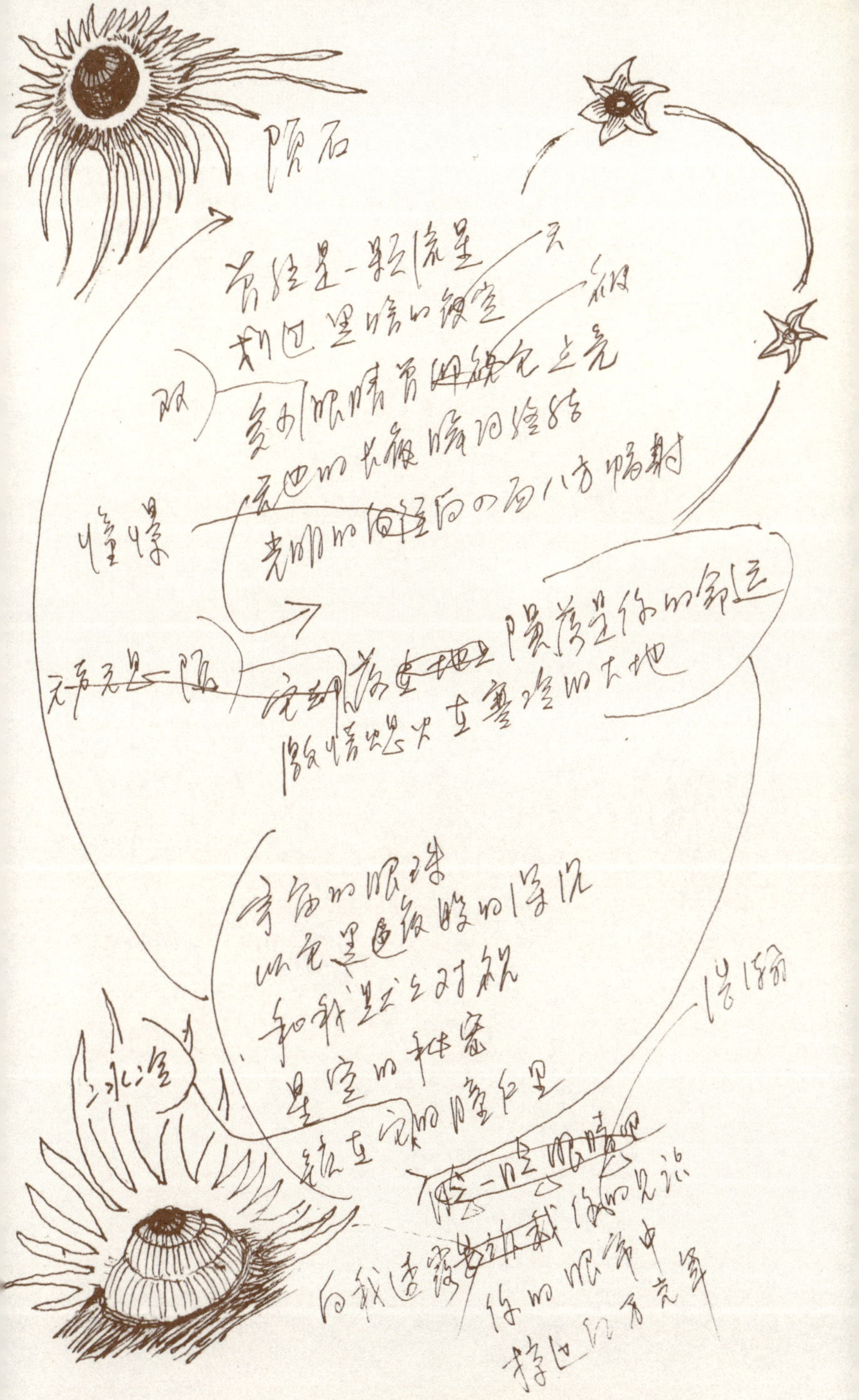

陨石
我经是一颗流星
划过黑暗的夜空
光明的四面八方幅射
陨落是你的命运
激情熄灭在寒冷的大地
和我默默对视
星空的秘密
结在你的瞳孔里

车夫和马

如果我曾是车夫
扬鞭驱赶着辛苦的马匹
我的眼帘里
只有马的背影
只有那晃动的尾鬃
还有那马蹄踢起的
滚滚烟尘

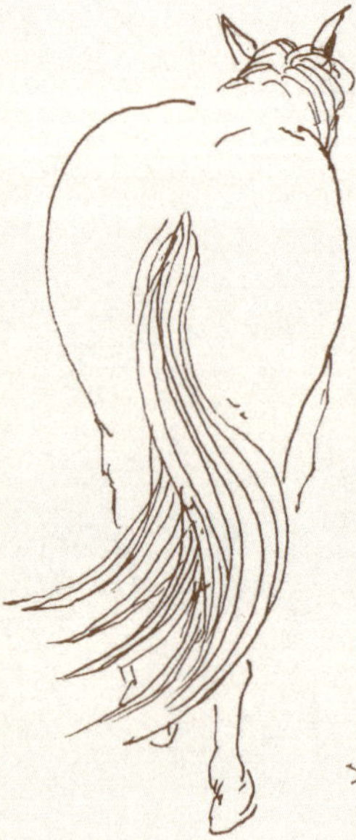

我的耳膜中
只有马蹄声声
无尽的单调重复
还有马的喘息
那是疲惫无奈的呻吟
如果前方有一声嘶鸣
突然打破寂静
就像闪电撕裂漆黑的夜幕

遗址

残存的城墙
如同狼牙上的礁岩
裸露着曾被海浪噬咬的躯体

牙上伤痕中
依然回响着惊涛轰鸣

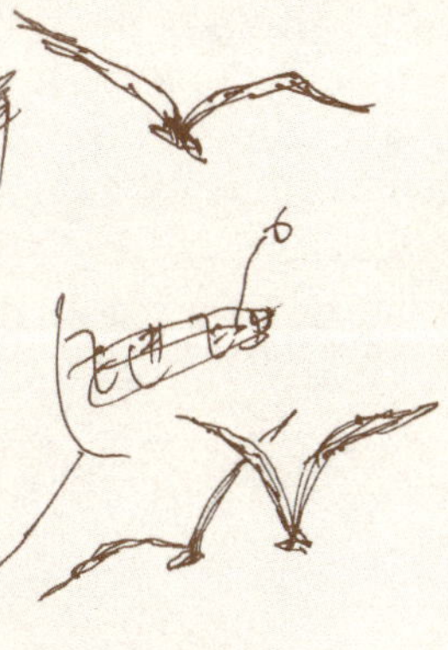

像一头孤独的巨兽
凝望着近在咫尺的大西洋
却永远无法拥抱
那蔚蓝色的清净
只有风在身边呼啸
鸽子替代了海鸥
在幽深的方孔中筑巢垒窝，生儿育女

目　录

窗帘哲学

是我走向生活
还是生活走向我
生活和我之间
有没有可以互相抵达的通道
谁能回答
如此抽象玄杳的提问

我凝视静垂的窗帘
窗帘的花纹中
有水里的鱼
有云中的鸟
冥冥中有人发问
是鱼游向水
还是水涌向鱼
是鸟飞向天空
还是天空扑向鸟
是风吹进窗户

还是窗户接纳风

无风时
窗帘是一幅静穆的画
风吹来时
窗帘迎风而退
成为飘逸的舞者
我看得清晰
是静止的窗帘
躲避突袭的来风

我是鱼，还是水
我是鸟，还是天空
我是静止的窗帘
还是撩动窗帘的风
我是生活
抑或生活是我

关闭的窗户前
窗帘静默

3

风正在窗外徘徊

窗帘能听见风声

但窗帘却纹丝不动

2019 年 8 月 20 日

爱身边每一个人

在这个世界上
谁能爱身边每一个人
赐你生命的人
长久相守的人
患难与共的人
雪中送炭的人
锦上添花的人
在冷雨中为你打伞的人
在寒风中为你添衣的人
在黑暗中为你点灯的人
在沉寂中为你唱歌的人
溺水时拉住你手的人
你怎能不爱这些人

在这个世界上
谁能爱身边每一个人
陌路相逢的人
擦肩而过的人

5

引你掉进陷阱的人
推你坠入深渊的人
奔跑中绊倒你的人
饥饿中抢你最后一口饭的人
孤独中不看你一眼的人
登高时把你踩在脚下的人
你会不会爱这些人

记忆如春蚕吐丝
把所有的爱
编织成一个银色的茧子
在失爱的丛林里
闪烁温暖的光亮

小提琴

躺在盒中很多年
琴盒像是她的棺材
在黑暗中
琴弦已松弛
琴马已折断
琴弓上的马尾
像老妇散落的长发
枯涩，灰暗，惨淡

只有身材依旧
尽管失去了昔日的光泽
那柔美的曲线
依然如少女丰润的裸体
优雅的颈脖和弦板上
还留着深深的指纹
布满全身的纹路
依然如神秘谱线
暗示着无数潜藏的音符

潜藏的音符
会不会在梦中释放
重新汇集天下的流水
汹涌的江河湖海
还有蜿蜒在山林中
每一条清澈的小溪
重新聚合深情的歌者
用发自灵魂的美声
追逐天籁，倾诉爱情
让所有的心弦都随之颤动

关上琴盒
封锁回忆
让曾经的显赫和曼妙
继续幽闭于黑暗
沉寂的心底
只有一个顽强的念头
期盼有一双大师的手
将盒盖轻轻开启
……

变 形

把我变长
长成一条笔直的路
通向无尽的远方
把我变短
短成一枚铁钉
不知会被钉到什么地方

把我变大
大成一个广场
可以容纳四面八方的来客
把我变小
小成一张邮票
贴在信封上
不知会投递到什么地方

把我变高
高成一座山峰
去招揽飘舞的云朵

把我变矮
矮成一块地砖
被前赴后继的鞋底践踏

把我变成一朵花
绽开得鲜活美丽
但只能活一天
把我变成一座雕塑
凝固在古老的岩壁上
沉默千年万年

2019 年 9 月 15 日

变形

把我变长
长成一条笔直的线
通向无尽远方
把我变短
短成一枚铁钉
~~钉在墙上~~
（不知会被钉到什么地方
把我变大
大成一片广场
可以容纳四面八方的来客

把我变小
小成一枚邮票
贴在信封上
~~不知~~会被递到~~什么地方~~
陌生的旅途

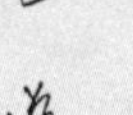

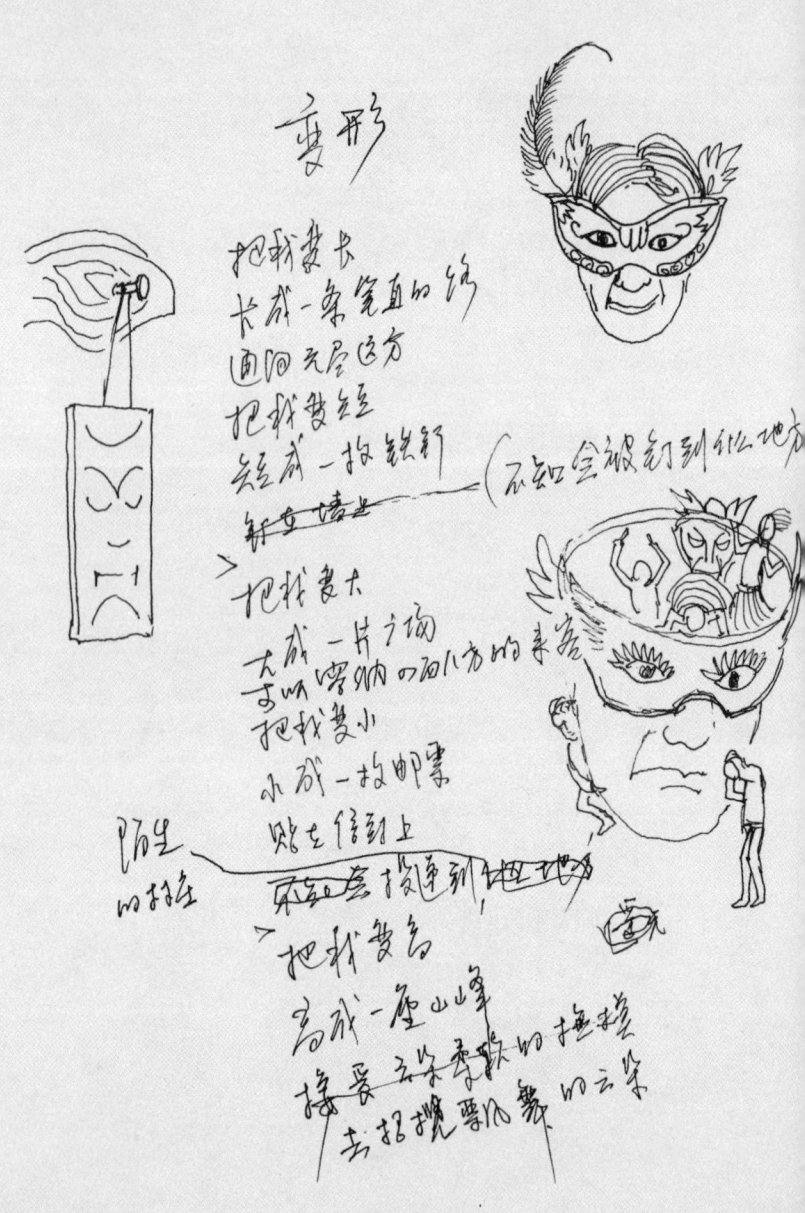

把我变高
高成一座山峰
~~接受云朵季风的拥抱~~
去拥抱飘飞的云朵

此 生

回顾来路
追溯此生的乐趣和苦痛
那些留在路边的欢笑
那些洒在草丛的泪珠
梦中的呻吟
突然射穿夜幕的光亮
绝望中的惊喜
沉醉时的警醒
走投无路时
那扇悄然开启的门

此刻的乐趣和苦痛
难道仅限于这些
想想那些接踵而至的恐惧
临近陌生的城池
不知危耸高墙中的秘藏
会无情吞噬我
抑或是暗无边际的幽闭

汹涌而来的旋流
深陷其中难以挣脱
是被吸入无底的深渊
还是被激浪甩上天空
因未知结局产生恐惧
因恐惧而挣扎求索
短促的生命
因此变得无限漫长
漫长的人生
因此成为转眼一瞬

此生的乐趣和苦痛
是一盘无法分出胜负的棋局
不假思索的落子
遥无尽期的长考
在坦途中跌倒
在绝处逢生
灵魂奔突在多棱的世界
磨砺出看不见的锋刃

2019 年 7 月

相信谁

如果总是相信别人
那就永远不认识自己

别人说：你是好人
我相信，却常常困惑
为什么无法排除
心里那些不善的欲念

别人说：你是鬼
我相信，却常常鄙视
那些两面三刀的小人
我的影子，始终追随着我

别人说：你是神
我相信，却发现
自己是如此平庸
常常在十字路口迷失

那就不相信别人
相信自己的屐痕
在旅途中画出的风景
尽管歪斜曲折
却始终是真实的自己

选择性遗忘

记住欢乐
忘记忧愁
记住晴朗的日子
忘记阴云笼罩的时刻

记住欢颜
哪怕是强颜欢笑
忘记泪痕
哪怕是痛彻心扉的哭泣

记住温柔
记住那些甜蜜的气息
忘记粗暴
忘记破窗而入的呼啸寒风

记住昂首阔步的雄姿
忘记曾经跌倒
忘记曾经迷路

记住辉煌的庆典
忘记舐舔伤口的苦痛
忘记被人践踏的屈辱

记住每一杯贺喜的红酒
忘记喜宴之后苦涩的泪水
忘记比红酒更红的血

就这样记着忘着
变成了一朵没有花瓣的花
变成了一棵没有根的树

就这样记着忘着
变成一尊面目含混的雕塑
不知道自己到底是谁

游魂互问

两个在黑暗中飘荡的游魂
无法回到曾经依附的肉身
惶惶之中邂逅
忍不住相互询问

一个问：
你为何到处流浪
你依附的肉身在什么地方
另一个回答：
我的肉身不知去向
他大概藏匿在人海中
用别人的外壳遮蔽了自己

一个又问：
他为什么要躲避你
谁喜欢自己没有灵魂
无魂的身体
岂不是走肉行尸

另一个回答：
我离开时肉身正酩酊大睡
我无法控制烂醉如泥的肉身
便逃出来闲逛，没想到
再也找不到那个躯壳

一个再问：
肉身消失，你何以依存
另一个反问：
我们同病相怜
你不是也丢失了肉身

一个回答：
我们有所不同
你是找不到自己的附体
我是不愿意重返肉身
我的肉身像一只苍蝇
飞来飞去追逐腐臭
依附在那里是熬受苦刑

另一个又问：
那你准备怎么办

做一个永无依存的孤野游魂
一个回答：
宁肯孤野无依
不想再回去做一只苍蝇
除非那肉身死而复生
变成了一只蜜蜂

两个在黑暗中飘荡的游魂
离开了曾经依附的肉身
互相询问着，回答着
在逃避，也在找寻

游魂五问

在黑暗中游荡（飘）

两个出窍的游魂

回 无法找到曾经依附的肉身

惶惶之中 遇见了

忍不住 ~~大叹苦经~~ 相互询问

一个问：你为何到处流浪

你（依附）的肉身在什么地方？

另一个回答：

我的肉身不知去向

他去躲藏在人海中

用别人的外壳遮蔽了自己

一个又问：

他为什么要躲避你

难道喜欢自己无魂

无魂的身体

岂不是行尸走肉

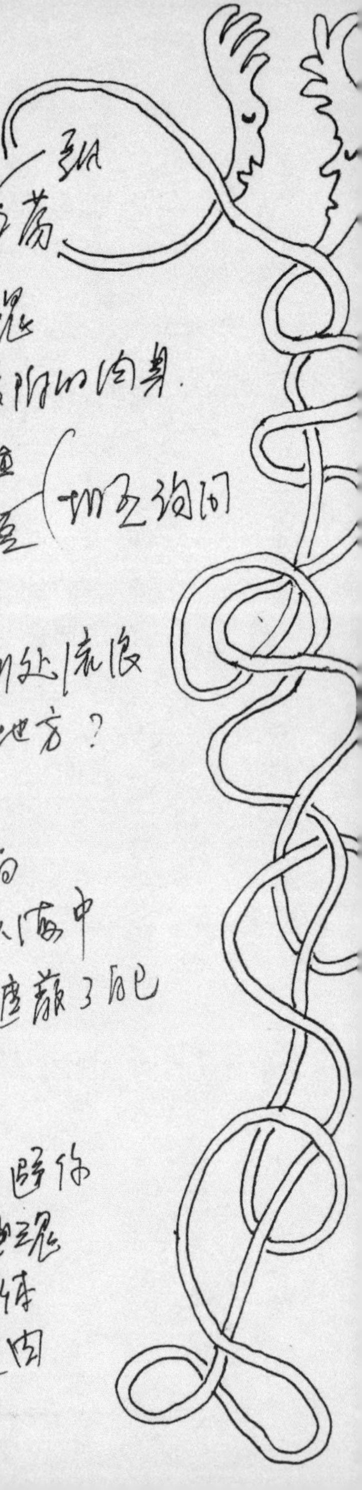

思考的边界

思考是什么
是夜空中耀眼的闪电
瞬间的燃烧
照亮了天地
谁能标出它的边界
你想用尺来丈量
却遭遇无边无际的黑暗

思考是什么
是来去无形的空气
是呼啸轰鸣的风暴
是无声无息的微飔
谁能捕捉它的踪迹
你想把它装进笼子
却发现它已经无影无踪

思考是什么
是热铁被锤击出

飞溅的火星
光的弧线在幽暗中曳动
短促的瞬间何等璀璨
每一颗火星都有自己的轨道
却无法留下清晰的痕迹

思考的边界在哪里
也许就在咫尺之外
睁眼可睹
触手可及
也许在无限的遥远
在大地尽头
在宇宙深处

世界之外

独自沉思时
身心便在世界之外
游离于自然
超然于人间
过去和未来
都不属于这个时刻
世界就是包围我的现实
是处处会碰壁的存在

走向世界
究竟是投入还是逃脱
喜欢世界
究竟是沉迷还是超越
我置身汹汹人群
我心在渺渺世外
……

失　重

如果下坠
如果悬在空中
重量就失去了意义

失重的时刻
万吨巨石和一粒沙尘
没有什么区别
下坠，下坠，下坠
同样的速度
同样的茫然无措
同样的失魂落魄

希望出现羁绊
期盼被什么阻挡
徒然挥动着双手
抓到的只有风和空气
下坠，下坠，下坠
自由的落体

惊惶的灵魂

碰撞可以恢复重量
结局也许粉身碎骨
大地是失重的终结
所有的不安和恐惧
连同那风驰电掣的自由

天 平

有时我会成为一台
天平的中心
试图让过去和未来
在两边保持平衡
可总是无法做到

过去说
我应该重一点
于是未来在另一头翘起
我和我的过去
都被高处的未来俯视
未来笑着说
你们总是被我
踩在脚底

过去说
那么我轻一点吧
于是未来换了位置

过去高高地翘起
我和我的过去
都被低处的未来仰望

未来笑着说
你们也可以被我
仰望，就像
仰望永远无法抵达的
遥远的星辰

过去说
那就是无情的遗忘
未来说
谁让你们把我
想得如此沉重

于是我努力
向过去靠近一点
让未来升起
让过去下沉
可是，我无法
让这两边

永远保持平衡

还是停止摆动吧
我站定在天平的中间
我是此时此刻
我就是现在

2019 年 7 月

一个幸福的夜晚

拥有一个幸福的夜晚
应该不是无望的奢望
然而你是否真正拥有过
那个可以称为幸福的夜晚

我有一千种错觉
有一万个怀疑和不确定
那些幽暗中的旋舞
那些似乎忘我的沉醉
那些碎玻璃般的光影
那些一次次飞腾
又一次次坠落的欲望
恰似无法捕捉的流星
在夜空中黯然消逝

那么，你是幸福的吗
那一个无法被确认的
幸福的夜晚

能否辐射你的一生
成为一个可以炫耀的
幸福的缩影

重 复

没有重复的流水
水流过去就永不返回
没有重复的风
风掠过就无影无踪
没有重复的云
水雾在天上时刻变幻着面孔

没有重复的日出
每天早晨，旭日
在天边用不同的方式出场
没有重复的星空
一颗流星划过
夜幕就改变了模样

没有重复的时间
逝去的岁月
如水流过
如风掠过

如云飘过
如流星划过

没有重复的梦
你想重复昨夜的梦境
闹钟已无情地把你吵醒
人类创造重复这个词
就是为了证明
世间不会有真正的重复

一　切

手杖柄上刻着：
“我可以击碎一切障碍”
手杖敲击路面
却无法击碎路上的一切

手杖柄上刻着：
“一切障碍将我击碎”
手杖敲击路面
却并未遭遇击碎我的障碍

将击碎我的一切
将被我击碎的一切
在崎岖的路上
是不分彼此的合体
一切都会出现
一切都不会出现

~~击碎~~ 一切

手杖敲击路面

手杖柄上刻着：

我击碎一切障碍

却无法击碎路上的一切

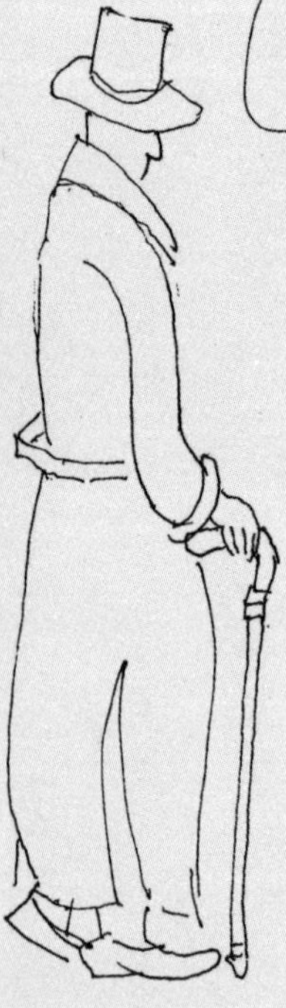

手杖柄上刻着：

一切障碍将我击碎

手杖敲击路面

却并未遭遇击碎我的障碍

将击碎我的一切

将被我击碎的一切

在崎岖的路上 ~~[illegible]出现~~

是不[illegible]彼此的合体

一切都会出现

一切都不会出现

通向生活的道路

每一条路
都通向不同的生活
每一种生活
都连接不同的道路

野草丛里的羊肠曲径
耐心地向前走
也许会走进森林
走向高山大谷

荆棘遍地的荒野中
被刺刃和鲜血铺盖着
那些看不清的小路
每走一步都会付出
痛和血的代价
然而前方未必就是迷途

辽阔原野中

延展着宽阔平坦的大道
能看见远方的群山
晚霞在地平线
跳着妖娆美艳的舞蹈
路上可以昂首阔步
可以扬鞭奔马
也可以驱动十八个轮子的大车
听，马蹄在叩击路面
轮毂和碎石摩擦
那也是走向生活的脚步
走向正在解锁的迷宫

我的沉默

让我的沉默
成为你无字的歌谣
一遍又一遍
在灵魂中回响

让我的沉默
撞击那扇封闭的门
碰撞出新颖的词汇
在幽暗中发光

让我的沉默
成为钥匙
成为夜视镜
成为你心灵的回音壁

阶梯和平地

是选择平地
还是选择阶梯

平地坦荡开阔
清晰地看得见
远方的地平线
看不见玄机暗藏
也不会有突降的风险
向前走吧
可以慢慢踱步
也可以拔腿飞奔
地平线
会越来越近

阶梯高低起伏
必须一级一级走
可以向上攀登
目标在高处

在飞鸟停栖的山顶
在云雾缥缈的天际
也可以向下探索
目标在深处
是神秘的低洼
是无底的深谷

是选择阶梯
还是选择平地
值得用一生去考量
有时以为在登高
却走向了深壑
有时感觉走下坡
却发现步入云端

是选择阶梯
还是选择平地

绳　索

道路有时如绳索
行者如杂技表演
步步惊心
随时会坠入深渊

你害怕空中行走
好，绳索落在地面
不是助你走路
是一根阴险的绊索

每走一步
都可能被绊倒
然而你看不见
那条绳索
看不见变成绳索的道路

走吧走吧

哪怕走在绳索上
只要前方有目标
只要脚底还存在
道路的感觉

奔 跑

当奔跑已经成为习惯
还有什么可以选择
迈开双腿吧
奔跑，奔跑，奔跑……

不管脚下是什么路
不管前方是什么目标
不要回头看
奔跑，奔跑，奔跑……

如果道路断裂
那就跳吧
求生欲望变成神奇的弹簧
奔跑，奔跑，奔跑……

越过障碍
裂缝会在身后弥合
前方又出现新的道路

奔跑，奔跑，奔跑……

跳不过宽阔的裂缝
那就投身深壑
坠落中依然延续习惯
奔跑，奔跑，奔跑……

麻　木

肉身的麻木
会失去一切触感
不会痛
不会痒
哪怕针刺刀割
都不会有感觉
遍体鳞伤
或者血流满面
让观者惊恐
自己却浑然不知

思想的麻木
会失去所有的记忆
忘却了冬天的冷
忘却了长夜的黑
忘却了曲折的来路
找不到昨天的足迹
失去了未来的方向

看不见前方的目标
所有的门窗
都无声地关闭

情感也随之麻木
快乐和悲伤
都是与我无关的幽灵
陌生的尘埃
无味的烟雾
周围的色彩和声音
如同裹尸布
一层一层一层
一层一层一层
不可阻挡地把我包裹

麻木
使我变成一具木乃伊

心 镜

我看不见自己的心
它却四通八达
连接着身体的每一个部位
我的眼睛
我的耳朵
我的手足
我的皮肤
我的每一根神经
我的每一次呼吸

它是我感觉的终端
又是我情绪的起点
它是一块明亮的镜子
映照我感知的一切
它可以很大很大
大到接纳整个宇宙
它也可以很小很小
小到容不下一粒微尘

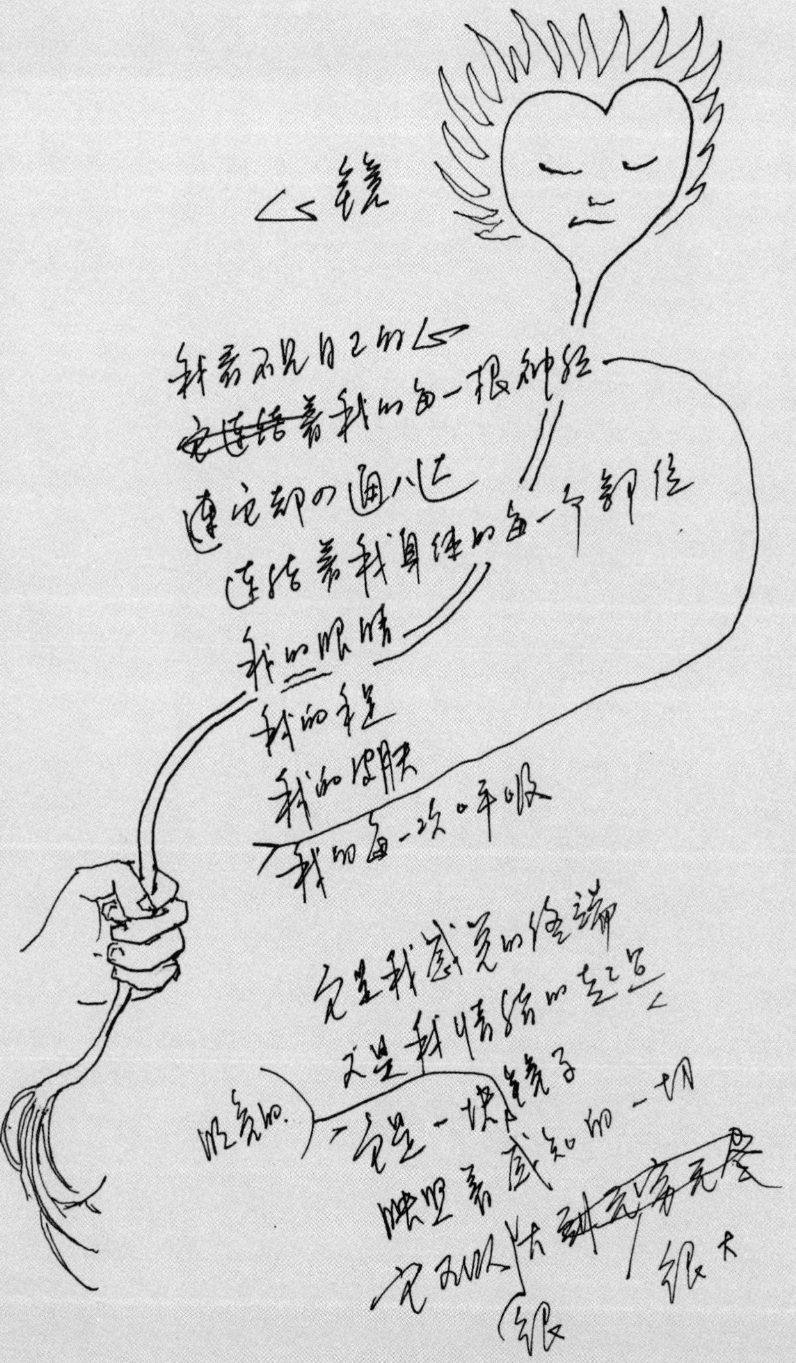
心镜
我看不见自己的心
~~它连结~~着我的每一根神经
连它却四通八达
连结着我身体的每一个部位
我的眼睛
我的手足
我的皮肤
我的每一次呼吸
它是我感觉的终端
又是我情绪的起点
明亮的
它是一块镜子
映照着感知的一切
它可以 ~~装~~ ~~无穷无尽~~
很大
很

乘 客

生活是一列火车
呼啸着穿行在起伏的大地
不知是谁铺设的轨道
看不到起点
更不知终点在哪里
那些飞越江河的桥梁
那些洞穿山岭的隧道
如神明的旨意
勾画着时空的秘密

人人都是乘客
看车窗外风景更迭
陌生的站台
闪电般一晃而过
心里默数着
一个个错过的车站
终于发现
自己被绑定在这车上
永远也无法下车

待 解

疑问在心里
织成网
绕成团
构筑成无法剖析的
几何图形
排列成无解的
方程式

我就是一个
待解的难题
四周空寂无人
谁能为我解题
也许永远待解

问题如蛾
封锁在自织的茧中
长不出翅膀
在黑暗中
做飞翔的梦
……

答 案

生活是什么
是永无休止的提问
问天问地问路
问周围的一切行人
答案其实
都在你自己
更多的也许是自问
问自己一个又一个
为什么？为什么？

生活其实也是回答
回答那些
永无休止冒出的问题
而答案常常是
又一个新的为什么
生活就是没有尽头的
自问自答

飞翔的目的

自由如鸟
展开翅膀到处飞翔
天空辽阔
找不到可以依傍的落点
于是不停地飞
飞得筋疲力竭
当羽毛脱落
翅膀在风中折断
自由便随风坠落
曾经强健的羽翼
怎能甘心颓唐地下坠
痛苦挣扎
却加剧下坠的速度

坠落的下方
出现两个目标
一个是无底的深渊
是吞噬一切的黑暗

另一个是一只笼子
精巧而别致
向上洞开着接纳的窗门

下坠的自由在叹息
我投身何方呢
飞翔的目的
难道是要为自己
找一个笼子
犹疑的瞬间
笼子擦身而过
成为一根小小的羽毛
轻轻飘过头顶
黑暗的深渊
正迎面而来
……

目标和路

目标在哪里
似乎在并不遥远的地方
却缥缈神秘
如海上灯塔
云中出没的大雁
雾里隐约的山影
水波中闪动的光点
看不见
通向目标的道路
只能原地踏步

路在哪里
据说和鞋底接触
便能成为道路
路随脚，脚随心
可以走向远方的目标
如果目标消失
路便随之中断

有目标，但无路
有路，却失去目标
哪一种境况
更无奈，更尴尬
更让人进退失据
目标说：请你问路
路说：请你寻找目标
我站在原地
站成一座雕塑

2019 年 8 月 23 日于北京

干　扰

这世上发生的一切
都是对我的干扰吗

早霞照在我暗淡的额头
让我告别沉睡
风吹乱我沉重的头发
让我驱散郁闷
月光从夜空泻落
让我看见自己投在路上
长长的影子

是拒绝这些干扰
还是期盼它们随时降临
我一遍又一遍问自己
答案是肯定，又是否定

那一声轻柔的呼唤
为什么像寂静中

响起震塌屋顶的惊雷
我开窗开门
寻找那亲切的声音
我冲出封闭的幽居
追赶那呼唤的源头

变成风在空中呼啸
变成马在旷野奔跑
变成鸟在林中飞
变成鱼在水里游
变成无数个碎片
在所有可能抵达的空间
闪闪烁烁

坚硬·柔软

过往的旋律
柔软飘忽
如云絮翻涌在天空
如烟雾升绕在田野
如灵捷的鱼
穿梭于静谧的清波
如轻盈的舞步
摇曳出朦胧光影

这柔软的一切
如果在记忆中定格
就会变成坚硬的雕塑
如岩石凹凸于崖壁
如枯枝兀立在旱漠
如古老的象形文字
镌刻在锈迹斑驳的残碑
如冷却的岩浆
凝固在沉默的火山口

我迷恋
那些柔软的飘忽
我也向往
那些坚硬的定格
在柔软和坚硬之间
我无时无刻
在转换
在变身

墙的变体

犹疑的视线
落在一堵墙上
墙，威严无声
坚定地挡住我的去路

视线闪烁不定
墙也随之移动
依然是威严地阻挡
不会为我开出一丝缝隙

视线升高
企图越过围墙
墙，随之升高，
超过我的视线

蓦然发现
墙在我四周合拢
从所有方向逼近

无处躲藏，无处逃遁

视线终于失去方向
我的肢体被撞击
我的灵魂被挤压
挤压成墙的一部分

捅破屋顶

每个夜晚
都梦见自己的幽居
屋子里有窗有门
却永远上着锁
看不到外面的世界
四面围墙就像崖壁
和阴冷的水泥地面
结成坚固的同盟

抬头看
发现屋顶漏光
星星在天花板上闪烁
于是搬出梯子
攀缘而上
手触到屋顶时
天花板突然碎裂
哗啦啦
散成一地碎片

晶莹如流星坠落

再往上攀缘
发现自己成了巨人
探出屋顶
触摸到冰凉的夜空
目光从四面八方射来
如万箭穿心
却并无痛感

来不及回应陌生的注视
俯瞰脚下
曾经封锁的幽居
变成了一艘船
在云海里飘浮

2019 年 6 月 23 日于布加勒斯特机场

捅破屋顶

每个夜晚
都自梦见昵的幽居
屋子里有窗有门
却永远上着锁
看不到外面的世界
四面的墙变成绝壁
和阴冷的水泥地面
结成坚固的同盟

抬头看
却发现屋顶漏光
是么在天花板上洞眼
于是搬出梯子
攀缘而上
手触到屋顶时
天花板突然破裂

~~找出口~~

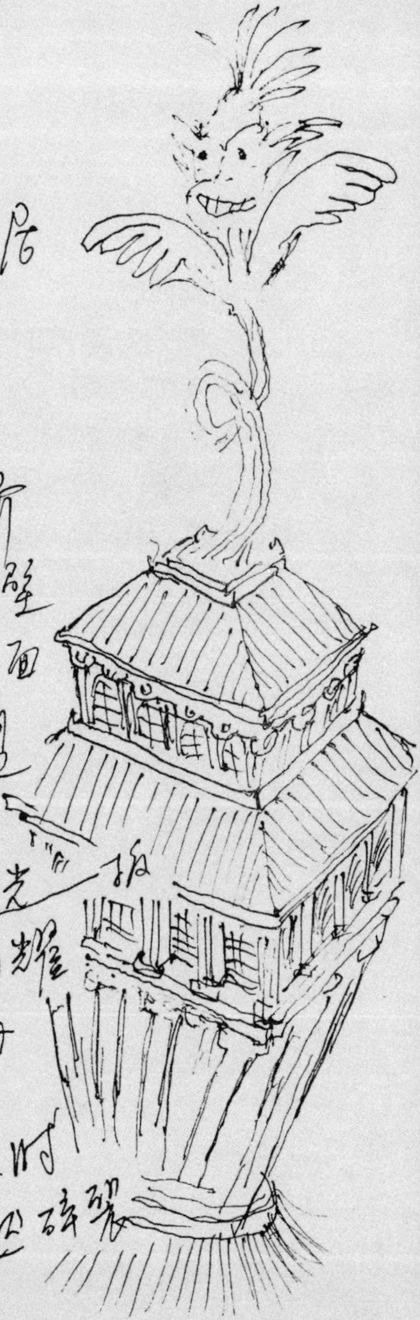

车夫和马

如果我曾是车夫
挥鞭驱赶着辛苦的马
我的眼帘里
只有马的背影
只有那晃动的尾鬃
还有马蹄踢起的
滚滚烟尘
我的耳膜中
只有马蹄声声
无尽的单调重复
还有马的喘息
那是疲惫无奈的呻吟

如果前方有一阵嘶鸣
突然划破寂静
就像闪电
撕裂漆黑的夜幕
那是我暗中的企盼

嘶鸣之后
会惊惶会停顿
甚至马倒车翻
人扑于地
沉寂的世界瞬间颠覆

倒　立

手脚倒错时
视野中
是一个翻转的世界

大地成了天花板
悬挂着楼房，树木，群山
行人变成了蝙蝠
不会飞翔
一个个，一群群
吸附在压抑的洞顶

天空变成了海洋
仰望着头上的大地
其间的距离
却无法测量
雨珠成了喷泉
从天空之海中喷涌飞溅
浇湿了大地天花板

显 影

记忆是一张敏感的底片
瞬间的曝光
在深不见底的幽暗中
定格

突降的愕然
迷途的惊惶
灿然的欢颜
凄楚的泪光

情不自禁的回眸
莞尔一笑
黯然神伤
无意的故意
无望的希望
……

如果封存于幽暗

它们是永远的秘密
在无情的时光中
冰冻，埋葬

当血色的液体
滋润那些沉睡的记忆
灵魂的秘藏
在红光中悄然苏醒
长眠的植物人
突然睁开了眼睛

等 · 不等

不要离开屋子
不要看，不要倾听
等着就可以

也不要等
万念俱空
只要心无旁骛地静坐

远去的世界
会回到我空寂的灵魂
静静地
风情万种地
在我的心原里重现

我可以选择
等，或者不等
世界却无法选择
它只能无可奈何地
在我幽暗的视野中
慢慢呈现

笼子和噪音

周围的世界一片喧嚣
噪音如飞扬的尘土
弥漫在每一寸空间
震荡着耳膜
充塞着五官
吞噬着全身肌肤
锥入你的神经
……

于是希望世界
变成一个封闭的空间
变成一个牢笼
与喧嚣的噪音
隔绝

住进牢笼如何
是否可能寻得安静
寻得清醒的超脱

这是栅栏围成的笼子
囚禁了你疲惫的肉身
却无法阻挡噪音侵入
于是才发现
被喧嚣包围的烦恼
胜过失去自由的挣扎

嫌牢笼过于简陋
于是向往彻底的封闭
用岩石垒成四壁
用铁板盖成屋顶
让你的世界
黑暗如墨汁浸泡
眼睛成了无用的赘物
耳膜呢
是否也已拥有永恒的死寂

耳膜却活着
活得惊心动魄
密封笼中的声波
竟然超过牢笼外的噪音
四壁岩石在不停震颤

头顶的铁板
被敲得砰砰作响
不知道牢笼外面
正在发生什么

笼子和噪音

周围的世界一片喧嚣
噪音如飞扬的尘土
弥漫在每一寸空间
充塞着你的五官
震荡着耳膜
侵噬着全身肌肤
钻入你的神经

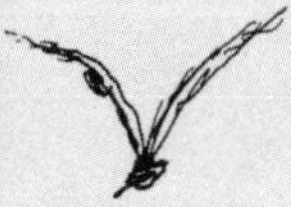

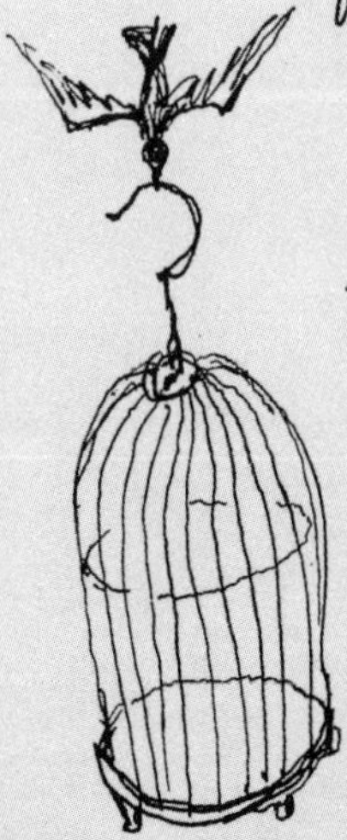

于是希望世界
变成一个封闭的空间
变成一个笼子
与喧嚣的噪音
隔绝

路 障

他如此渴望死亡
这或许是生命的升华
是一个陌生的奇境
可以摆脱一切
尘世的喧嚣和烦恼

也许只是一步之遥
却并不容易到达
是他的生存
挡住了他的路
这是什么样的路障

是一头活泼的灵兽
会奔会跳会流泪
会喊会唱会发光
只要还不忘呼吸
这路障就横在前方

失 聪

世界一如既往
却失去了声音
树林在疯狂挣扎
枯叶漫天飞舞
却听不见风的呼啸
闪电撕裂夜空
大雨倾倒在大地
却听不见雷声轰鸣
列车飞驰如幻影
人群奔走如游魂
铁石撞击出耀眼的火星
却无声如棉絮轻揉

对话者嘴巴不停翕动
表情眉飞色舞
却听不见一个单词
弓在琴弦上默默舞蹈
起伏的琴键正表演哑剧

飞扬的马蹄踏在云里雾里
夜莺的歌声被黑幕封闭
视觉的灵敏
无法召回逃遁的声音
世界到处在喧嚣活动
耳中的静默却无边无际

桥

我是一座桥
架在汹涌的河之上
架在阴森的危崖之间
架在道路断裂的地方
我不记得自己的年龄
我已经力不从心
古老的基座在急流中颤抖
歪斜的桥梁在狂风中摇晃
开裂的桥面如一道道闪电
在道路的裂缝上空辐射

我只能等待
忐忑不安地等
惊恐万状地等
十二万分急切地等
等着那崩塌的瞬间
等着飞扬的烟尘
等着沉没在急流中

粉身碎骨

去拥抱飞溅的浪花

……

醒　来

醒来
有时庆幸
有时懊恼
那是因为不同的梦境

梦中无解的骗局
一个接一个
深不见底的陷阱
一条又一条
走不通的绝路
绞索悬在头顶
幽暗中伸出章鱼的刺须
缠住了喘息的喉咙
醒来
忍不住一声欢呼

梦中生出翅膀
在天地间自由飞翔

飞到天上成为一只鸟
成为一朵云，一道彩虹
一颗燃烧出光焰的星星
飞到地上成为一座山
成为一棵树，一茎草
成为花丛里一只蜜蜂
一条流动的小溪
醒来
触摸身边的存在
光明，微笑，甜蜜
无边无际的香气
……

记 忆

这是天地间
最大的仓库
土木钢铁无法结构
无数紧锁的抽屉
打开时却不用钥匙
一本无字的纪念册
空白的册页中
随时会出现清晰的文字
显影无穷的图像和表情

是欢笑之后的泪崩
是泪水流尽时的沉默
是人去场空的音乐厅里
回荡着不肯消失的旋律
是脚印凌乱的路面上
那一道深深的车辙

是洪水汹涌漫过干涸的土地

留下永不重复的痕迹
是狂风扫掠树林
那些飘舞在空中的落叶
是乌云遮不住的天穹
溅在夜幕深处的点点星光
是不会游泳的手臂
在起伏的水面拍出绝望的浪花

是失重时突然的挣扎
在虚无的天际定格成闪电
是深梦中的五重奏
一次又一次自以为醒来
飘忽的旋律却在耳畔绵延不绝
是执着的凝视如冷火聚焦
在对应的瞳孔里灼出的疤痕

通　感

绝望的喘息如铅
压碎玻璃的心
飓风是疯狂的鞭刑
抽打毛骨悚然的苗圃
贪婪的窥探如钝刀
锯割灵魂的气球

月光变成飞撒的冰雹
让夜晚有闪亮的低温
叵测的笑靥如罂粟
封锁了通往自由的门
花气是未经勾兑的烈酒
让轻薄的采花者酩酊不醒

一切沉默都有声音
一切声音都寂寂无语
一切幽暗都在发光
一切光亮都遁入黑洞

一切轻盈都负着沉重
一切沉重都展翅欲飞

近在咫尺的目标
三生三世无法抵达
远在天涯的倩影
转眼之间显出真身
飞鸟在海底潜游
水母在云中飘飞
……

2019 年 9 月 21 日于温州

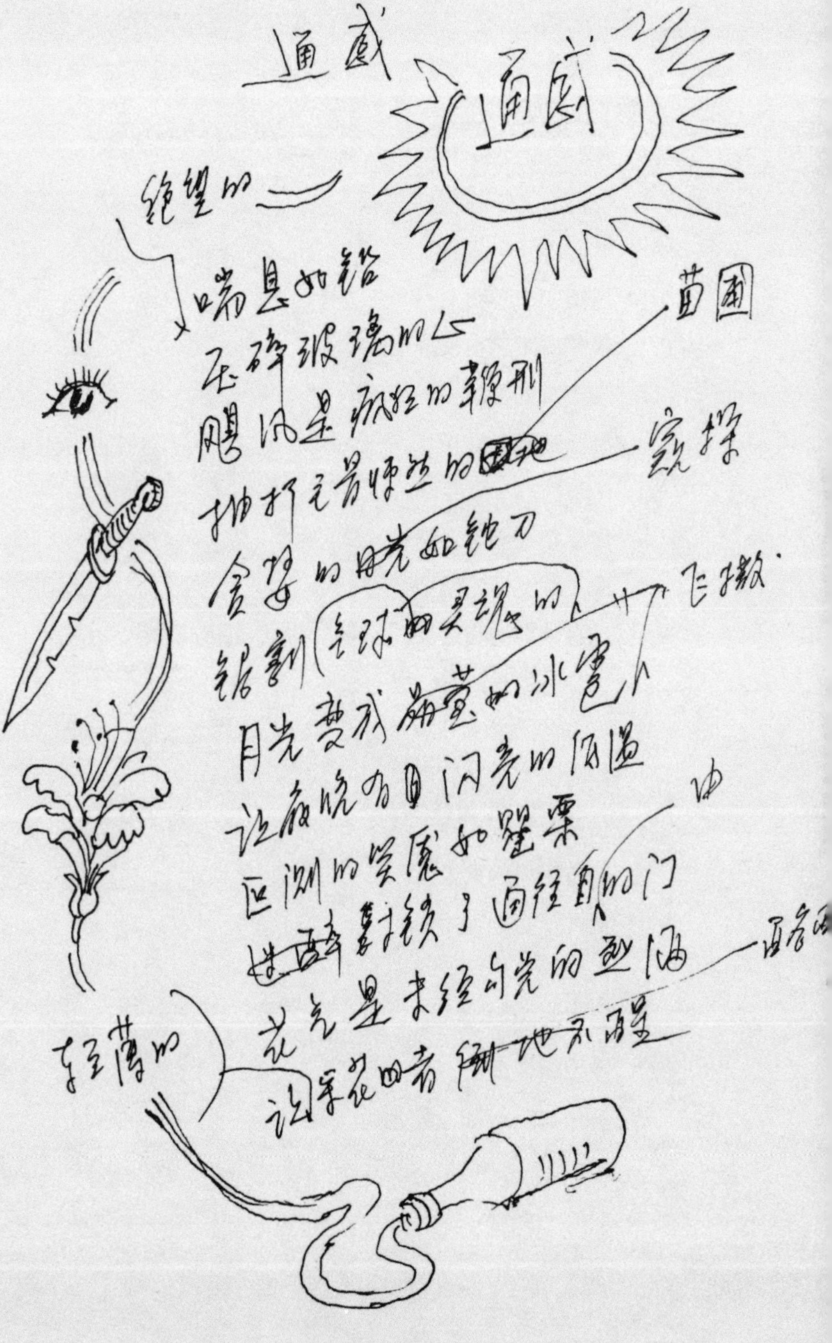

绝望的
喘息如铅
苗圃
窥探
贪婪的目光如钝刀
飞撒

亡 友

黑暗中的黎明
晨曦缥缈叠在夜幕上
黎明时的黑暗
墨汁浸湿了霞光

你出现在明暗之间
像一尊沉思的雕塑
站在狭窄的道口
挡住我的去路

没有久别重逢的惊喜
仿佛就告别在昨天
若有所思的微笑
刻在紧抿的嘴角

眼睛眨动着
嘴巴微微翕动
却不说一句话

是要重复那些提问吗

你在哪里
你打算去什么地方
我们曾多少次互相询问
却从未有过准确的答案

你清澈的瞳仁里
曙光亮了又暗淡
黎明和黑夜
飞快地交替轮换

黑暗隐退
光明飞散
道路消失
墨汁流成清泉
云霞凝固成山峦
你伫立在那里
逐渐远去
成为世界无声的尽头

陨　石

宇宙的眼珠
以它黑夜般的深邃
和我默默对视
星空的秘密
锁在它冰冷的瞳仁里

曾经是一颗流星
划过深黑的天空
多少双眼睛曾被它点亮
光明的憧憬向四面八方辐射
无边的长夜瞬间终结

陨落是你的命运
激情熄火在寒冷大地
眨一眨眼睛吧
向我透露你浩瀚的见识
眼帘中掠过亿万光年

温柔的暴行

迎接你双臂环抱时
铁靴却踩碎我的脚背
欣赏你妩媚的笑容时
激光却灼伤我眼睛
想抚摸你飘扬的长发
镣铐却锁住我的双手
想亲吻你颤抖的嘴唇
却咬到了眼镜蛇的舌信
用优雅的姿态打开门锁
咔嚓一声，把我锁进铁笼
风情万种在前方带路
一步步
把我引入无底的深渊

床铺的预感

昨夜睡痕
还隐约在床单的褶皱中
也预示着
下一次卧倒
预示着未来的一切可能

再卧倒
可能做一场美梦
梦中找不到回家的路
再卧倒
也许被赶下床铺
告别睡眠，告别梦
去触摸冰冷的大地
再卧倒
可能永不能起身
卧姿，将成为最后的姿态

我无法分清

是床铺在预感
我的下一次卧倒
还是我在预感
床铺的下一次
将接受谁的拥抱

突然响起的门铃

突然响起的门铃
打断了窃窃私语
寂静中的等待
弥漫着好奇
编结着一个新鲜的谜

谁也不想去开门
不想即刻解开谜底
于是又出现窃窃私语
声音更轻
含义更神秘

门铃又一次响起
音量更大
频率更急切
窃窃私语再次消失
铃声在寂静中

长久地延续

……

2019 年 7 月 22 日

酗酒者

透明的液体
比山中的泉水更清澈
却融聚了世界的所有气息

花草的芬芳
五谷的清香
童年的呼喊
故乡的炊烟
人世间的哀愁和欢乐
记忆深处的笑靥和泪痕
唇齿间的气流
汹涌起伏的呼吸
身体柔和的曲线
幽深朦胧的瞳孔
丛林深处的洞穴
……

到处都在开花

花瓣层层叠叠
开在地上
开在墙上
开在天上
花瓣迸散
成为万点火星
燃成一场熊熊大火
清凉的液体
蜕变成炽热的汽油

醉

因风而醉
因花香而醉
因光而醉
因日晕而醉
因暗而醉
因月食而醉
因酒而醉
因迷失而醉
因爱而醉
因欲望而醉
因梦而醉
因无望而醉
因醉而醉

听二胡独奏

两根直立的细弦
被琴弓来回牵动
如飞瀑从天上流泻
水花晶莹四溅
泻不尽，流不完

奔马穿越起伏山林
尾鬃飞扬掠过惊恐的羊群
花蛇出没于幽深草丛
云层中射出斑斓天光
隐形人在呻吟呼唤

辛酸的泪
淌成呜咽流泉
汇成奔腾的江河
水流的痕迹
在茫茫草原上蔓延

牵线木偶

在小小的舞台上
龇牙咧嘴
手舞足蹈
上蹿下跳
没有心肺的躯壳
比有血有肉的生灵
更活泼，更灵巧

那一根根细线
连着魔幻的手指
黑暗的幕后
牵线人很忙
动静由不得自己
表情被那些手指控制

想哭时被逼着笑
想躺时被牵着跳
想前行时被拉着倒退

想昂首时被迫磕头
灵魂也被无形的线牵拉
在小小的舞台上流亡

总想看看背后牵线人的模样
却怎么也无法回头
当那些绷紧的长线松弛
骨头便瞬时散架
肢体脑袋横瘫在地面
连笑的能力也消失

等着，那些牵线的手
会拾掇地上的玩偶
把曾在台上活蹦乱跳的生灵
扔进暗无天日的箱笼

在你的瞳仁里

在你的瞳仁里
我看见我自己
我的身影那么渺小
湮没于你的目光

我无法辨析
我在你瞳仁里的表情
你眨一下眼睛
我便消失得无踪无影

然而你的瞳仁那么明亮
我无法挣脱她们的注视
她们面对我时
我一直在你视线的中心

在你的瞳仁里
我看不清我自己
我的目光游移不定

我的表情啼笑皆非

你的瞳仁宽广无边
静静地在那里等待
就像浩瀚的大海
接纳一滴飘飞的水珠

刨子·飞船

亲爱的，你不相信
我曾经做过木匠
我这双纤弱笨拙的手
怎么可能切割坚硬的木头
好，给你看一只刨子
它是我年轻时代
孤苦和倔强的纪念

偷偷地瞒着师傅
把一块坚硬粗糙的原木
锯割成长方的木条
凿孔，打洞，无数次研磨
再装上木头把手
像插上两只翅膀
把新制的刨子
变成一只小小飞船
飞出被封锁的岁月
告别我短促的木匠生涯

亲爱的，你看
古老而年轻的刨子中
正刨过岁月的年轮
刨孔中，飞扬着轻柔的刨花
我想邀请你
一起坐上这小小的飞船
飞过阴晦的昨日
飞向云开雾散的明天

2020 年 3 月 7 日

不老泉

你说你是不老泉
那是怎样的泉水
你的源头在哪里
你以怎样的形态出现

如果汪洋恣肆
结果是被淹没
渺小之于浩瀚
恰如沙尘面对大漠

如果激越如瀑布
结果是被飞卷而去
还没有看清方向
已经身隔千里万里

你的显形
只是一滴水珠
在岩石无望的裂缝中

闪出瞬间的晶莹

在干涸中
一线水源赛过天降甘霖
在饥渴时
滴水泉眼犹如春潮汹涌

为寻找你的源头
为发现你的晶莹
我在盼，我在等
期待和追寻
正是我不老的源泉

邻 座

永远在旅途中
永远有一个秘密的邻座

看不清她的表情
却能感觉目光
如闪电在我身边闪射

听不见她的声音
却能闻到她的气息
那是花园中未曾闻过的香气

无法询问她的目的地
只知她要去的地方
比我的终点站更远

在她的目光和香气中
错过了我的车站
于是失去了前方的目标

但是却沉迷于
这种失落方向的惘然

永远在旅途中
永远有一个神秘的邻座
……

嘶　哑

榨干了体内的清亮
只剩下浑浊
说完了现成的词语
只能张口结舌
颤动的声带
唱不出婉转的歌

锈钝的锯子
啃咬一棵干枯的老树
锯齿间挤出粗糙的木屑
松弛的琴弓
撞击一根断裂的弦
没有悠扬的旋律
只有焦灼的喘息

滔滔流水早已远去
只留下干涸的河床
在烈日曝晒下闪电般龟裂

呼啸的风不知去向
枝叶凌乱的树林里
折断翅膀的云雀在呻吟

2020 年 4 月 17 日

素　面

冰雪消融的麦田
云开雾散的晴空
久违了
单纯的清新
透明的澄澈

那些淡淡的雀斑
像调皮的星星闪烁
那些浅浅的皱纹
像温柔的小溪流动
没有屏障的表情
真实而亲切
目光变得柔和
气息也变得芳香

没有脂粉涂抹
没有香水的掩饰
我的眼前

是一朵自然绽开的莲花
带着昨夜的露水
含着幸福的眼泪

2020 年 5 月 23 日

秋天的路

如果路边没有大树
即便是在秋天
路上也看不到枯叶
风中飘舞着沙尘
落叶只能是梦中蝴蝶

树林在遥远的地方
是天边一抹淡淡的轻烟
秋风从那边吹过来
却无法带来一丝树的气息

你穿着秋衣
手持扫帚
在空空荡荡的路上
四顾彷徨
来回彳亍
在满天风声和飘忽的雁鸣中
想象落叶遍地的景象

北冰洋夕照

深蓝。深蓝。深蓝
深邃如隐匿了星光的夜空
坚硬的云团赫然飘过
那是浮动的冰山
风在冰海间穿梭
呼啸如沉着的管弦
天使和海神推着冰山合唱
歌声并不寒冷

白头鹰掠过船舷
目光炯炯如闪电
转眼变成海天间一粒微尘
北极熊在冰山奔跑
那是化成生灵的雪团
海豹仰躺在平静的水面
那是春心在冰海荡漾

江河在海的尽头汇合

凝固成威严的冰川
亿万年前的风景
定格在坚冰底下
炽热的呼吸和心跳
没有随飞逝的岁月死亡
天边正闪动血色的光芒

遗　址

残存的城墙
如伤痕累累的礁岩
裸露着曾被海浪啃咬的躯体
密密麻麻的孔穴中
依然回响着惊涛轰鸣

像一头孤独的巨兽
凝望近在咫尺的大西洋
却再也无法拥抱
那蔚蓝色的清凉
只有风在身边呼啸
风中飘着轻柔的羽毛

鸽子替代了海鸥
在幽深的方孔中
筑巢垒窝，生儿育女
永不疲倦地拍打翅膀
放飞对蓝色的向往

向往蓝色的天空
向往蓝色的海洋
……

附记：多年前访问摩洛哥，在拉巴特古城墙遗址散步。残垣如礁，群鸽飞旋，目光穿过红色的废墟，可以远眺蓝色的大西洋。

2019 年 12 月 11 日于四步斋

灯塔和盐

——致聂鲁达

你的声音曾经如大海的涛声
汹涌回荡在辽阔的世界
海潮翻卷着浪花远去
寂静海滩上留下晶莹的盐
你把盐留在大地
也凝结在人心
那些宝石一样的结晶
汇聚你博大的智慧
隐藏着生命的秘密
还有那风云变幻的时代气息
求索真理
沉迷爱情
向往和平
那是大海永恒的滋味

我曾经无数次遥望你的黑岛
想象在海浪中屹立不倒的礁石
黑岛并非黑色

她汇聚了世上所有的色彩
汇聚成人类情感的原色
真诚，正直，自由，浪漫
你站过的地方
你依然站着
你沉思过的地方
你依然在沉思
你歌唱过的地方
你的歌还在回响
你是岛上的灯塔
映照着岁月大海
流逝的时光无法湮没你的亮光
我看到你澄澈的光芒正在辐射
照亮人心中每一个幽暗的角落

2018 年夏日于智利圣地亚哥

口 罩

我第一次戴口罩出门
周围的所有人
都戴着口罩
口罩，口罩，遍地口罩
口罩，口罩，满目口罩
被口罩遮盖的面孔
只看见一双双
默然的眼睛在口罩上方闪动
口罩的同义词：沉默

没有鼻子和嘴巴的配合
眼睛显得如此无助
戴上口罩的表情
让人无法猜测
单调的目光中
流淌着冷漠和孤寂
还有难以掩饰的恐惧
只有耳朵还存留着自由

可以听听迎面而来的风声

无形的妖氛
正在随风飘荡
口罩下每一个翕动的嘴巴
都是它追寻的入口
谁也不敢
摘下脸上的口罩
抬头看天
翻涌的白云也像一只大口罩
遮住了明亮的太阳

2020 年 2 月 12 日

口罩

戴上口罩的表情
让人难以揣测
没有鼻子和嘴巴的配合
眼睛显得如此无助
孤单的目光中
流露着渴望和寂寞
还有难以掩饰的恐惧
只有耳朵还保存着自由
可以听见迎面而来的风声

单调

冷

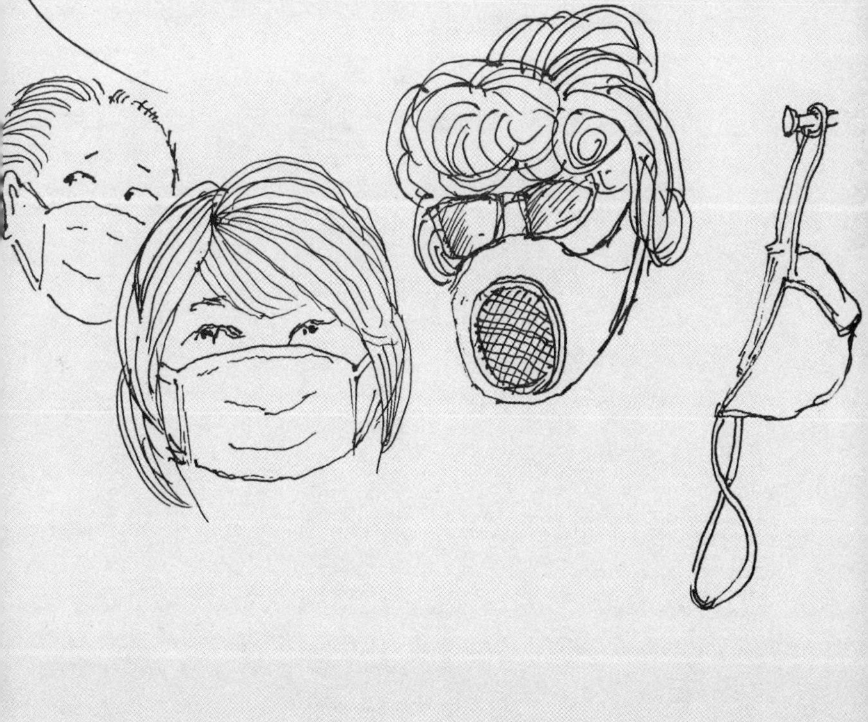

牙 齿

那时候八岁
一颗松动的牙齿
折磨了我很久
它就像一个刁钻的小恶魔
潜伏在我的嘴巴里
左摇右摆，上蹿下跳
用针刺，用刀割
使我饱尝疼痛的滋味

有时疼得夜不成寐
小心翼翼用舌头护着它
它安分，我才能入睡
好不容易进入梦乡
可它总会突然闯进我梦里
有时挥一把大锤
恶狠狠向我砸来
有时把一颗炸弹
塞进我无法设防的嘴里

被疼痛惊醒时
我听见它在我嘴里狞笑——
让你疼，让你痛
让你永远无法做美梦

那些日子
这颗松动的牙齿
就是我不共戴天的仇人
可它躲在我嘴巴里
我无法和它决斗
对着镜子张大嘴巴
只见它躲在一群牙齿中
看不清它真实的面孔

牙齿终于脱落
这个寿终正寝的小恶魔
落在我掌心里
原来只是一块小小的骨头
我该怎么报复它
向它要回那些痛不欲生的日子

是放到铁轨中

让飞转的车轮把它碾碎
还是丢进河里
让一条大鱼把它吞噬
也可以把它扔上屋顶
让太阳晒，让寒风吹
让雨淋，让雷击
让它也尝尝疼痛的滋味

可我最后还是舍不得
把它抛弃，扔掉它
就是扔掉我身体的一部分
可还是追不回
那些疼痛难忍的日子
我把它放在一个盒子里
让它成为黑暗中的囚徒

在它曾经作恶的地方
悄悄长出一颗新的牙齿
转眼间，陪伴我很多年
我几乎忘记了那个
被我囚禁的小妖怪
打开盒子，已是六十年以后

它竟然变得那么小
就像一颗没有融化的盐粒
在幽暗中闪闪发亮

啊呀，那是你吗
我无法相信
这颗小小的盐粒
曾经躲在我嘴巴里
让我痛不欲生
我日渐萎缩的牙床
突然涌起一阵痛楚
那是远去的记忆
把我悄悄拽回到童年

和一只鸟对视

书房的窗台上
飞来一只不知名的鸟
隔着透明的窗玻璃
不动声色地凝视我
它的眼睛那么明亮
像两颗小小的宝石

停止了惯常的啁啾
它只是用目光问我
喂，坐在电脑前的呆子
为什么不出来走走
是谁把你绑在椅子上
让你变成了一块木头

我看着鸟儿忍不住微笑
你以为我那么可怜
小小蜗居不如树上的鸟窝
告诉你一个秘密

我心里也有一对翅膀
常常飞出封闭的书房
飞到任何我想去的地方

我心里有一棵树
树根连着大地
树冠伸展在天空
我的树天天都会开花
我的落叶在风中飘飞
我的树上也常常飞来小鸟
躲在我的绿荫里唱歌

鸟儿默默凝视我
黑宝石的目光闪闪发亮
它突然展开翅膀
转瞬就飞离了窗台
窗外的树荫里
传来它变幻莫测的歌声

2020 年 4 月

母亲的书架

不是虚构的故事
是我亲历的现实
98 岁的母亲
在她床边隐秘的角落
搭起一个小小的书架
用精致的画册做支架
用真丝的围巾做门帘

书架上，层层叠叠
陈列着我送给她的书
从第一本年轻的诗集
到老气横秋的散文
还有那些让我返老还童的小说
那些疼痛变形的文字游戏

我的书
是流浪世界凌乱的脚印
我从没有想到为母亲而写

她却一本一本仔细地读
读得泪水涟涟
她从字里行间
知悉我心中所有的秘密
在她眼里，我依旧是
那个羞涩寡言的男孩
站在家门口
进退两难

她当年送我出门
只想我早日回家
我却一意孤行远走天涯
再也无法回到她身边
此刻，在她的书架上
栖息着疲倦的归雁
母亲翻阅我的书
就像在安抚我受伤的翅膀
整理那些破损残缺的羽毛

是真实的故事
不是虚构的传说
我的 98 岁的母亲

在她的床头

搭起一个隐秘的书架

……

2019 年秋天

在天堂门口

一

天堂的大门
并非永远开启
有时敞开，有时半掩
有时紧紧关闭

天堂的门口
并没有武士把守
要想进入的人
却总是在门外徘徊犹豫

天堂的门内
藏着无形的斯芬克斯
一个个简单问题
回荡在虚无中
却使人间最聪明的哲人
闻而止步

一群哲人
说着不同的语言
相逢在天堂门口
面面相觑
举步维艰
徘徊了百年千年

二

老聃骑着青牛
从夕阳的余晖中走来
在天堂门口
他还在寻觅他的道
在思考如何尊崇自然
人法地，地法天
天法道，道法自然
天地浩瀚无垠
不过是自然一角
生命卑微，却无比繁复
生于自然，死于自然
任其自然，则本性不乱

你说天地不仁
以万物为刍狗
人间的悲惨和凄苦
难道是天地的意旨
谁也无力改变这一切
你来到这里
是循着你无法描述的道
还是顺着你
清静无为的自由性情
到了天堂门口
你还寻找什么呢
这扇辉煌的大门
难道还不能收服你
自由无羁的灵魂

他从简单的行囊中
抖出一堆碎石
在天光的照耀下
碎石突然奇光四射
反照出人间的山川大地
还有生生不息的万类生灵

他俯下身子检视这一地宝石
竟然忘记了举手敲门

在他身后
蝴蝶正飞出庄子的梦境
在孔子的头顶翩跹
孔子在崎岖的路上颠簸
沿途留下气喘吁吁的叹息
道不行
吾将乘桴浮于海
海在哪里
浩瀚洪波的尽头
正浮起天堂的另一座拱门
然而大门紧锁
金色的锁环上
停栖着那只不知疲倦的蝴蝶
翅膀颤动着
似乎正预示
寻道者诡谲的命运

三

亚里士多德站在台阶前
自言自语
谬误有多种多样
而正确却只有一种
能走到这扇门前
应该是无法抗拒的正确
可是，有人在身后拽他
回头看
他的老师们
柏拉图和苏格拉底
已经在漫长的台阶上
等候了很久很久

还没有弄清人间的是非
怎么有资格跨进这神圣之门
你知道什么是幸福生活
遵照道德准则过日子
就是没有苦痛的生活
你说人生最终的价值
在于觉醒和思考的能力

人类如果失去了德行
就可能是一切动物中
最恶劣的禽兽

什么是人的德行
你忠于友谊的灵魂
难道真能寄生于别人的躯体
羽毛相同的飞鸟
却飞向了不同的巢穴
谎言自有解释不尽的理由
真实则来得无缘无故
当习惯成为天性
天性也会变成笼中的囚徒

人间的“理想国”
并没有直通天堂的捷径
柏拉图种植的橄榄树
无法在阳光下长存绿荫
砍伐的刀光何等诡秘
还没有看清那闪烁的锋刃
大树已经轰然倒下
遍地残枝掩盖了曲折道路

苏格拉底的一声叹息
宣泄着无法解脱的绝望和压抑
致命的堇汁殷红如血
且当美酒啜饮

四

一个孤独的身影
在云岚雾气中踟蹰
屈原的登天之道
是一条不断的疑问之路
是一条无穷无尽的山水之路
路漫漫其修远
愿轻举而远游
让灵魂自由飘飞
留下枯槁的肉身
在荒野里踽踽独行
飘飞的灵魂寻寻觅觅
头顶寥廓空旷
似乎已经没有天空
挣扎的肉身踉踉跄跄
脚下苍茫起伏

似乎已经消失了大地

光明和黑暗在哪里交界
混沌和清澈在何处分野
天空和大地在哪里连接
太阳在夜晚如何休眠
月亮为何能死而复生
是谁安置了群星的位置
是谁使独居的神女怀孕
是谁导致无尽的悲欢离合
是谁决定生死之门的开阖
君王的狐疑和暴虐
臣子的忧惴和孤悲
都是人性的折射
命运为何反复无常
人间的是非曲直
究竟由谁来辨别审析

所有的天地之问
都没有明确的答案
你来到天堂门口
仍带着一脸迷惘

身上覆盖的尘土
来自起伏的群山
来自无边的大地
身上漫淌的水渍
来自汨罗江
来自万千条奔流的河
人间的山河大地
人间的生死悲欢
和天堂之间
天涯咫尺

五

踽踽独行的但丁
和低头沉吟的屈原擦身而过
他目光中的惊喜
使寻觅者看见希望
抖一抖身上的疲惫
抖落地狱和炼狱的尘埃
那些血色、火光、迷途
和无数灵魂的呓语
都在耀眼的阳光下

化成一缕轻烟
一部伟大的《神曲》
难道不能敲开天堂之门

你说天地间有两个太阳
一个烛照卑微的尘世
一个映照走向天堂的大道
你在背井离乡的尘世中
做着登天的梦
是哪个太阳一路照耀着你
你说人生下来
不是为了像野兽一般活着
而是为了追求知识和美德
天堂里是否陈列
人间稀缺的美德和知识
你想让世人摆脱悲惨的遭遇
但你指引的幸福之路
为何如此蒺藜丛生

你说只要一阵闪光掠过心灵
心中的意志就得到了实现
爱，推动了生活的轮子

也推动了日月星辰的运转
如此巨大的能量
真可以用一个爱字点燃?
天下的生灵
必须在同一片天空下共生
飞禽走兽
花鸟鱼虫
还有那些肉眼看不见的
细微狡黠的生物
地狱和天堂
在尘世的梦境中转换
人的地狱
也许是病毒的天堂
而细菌的地狱
也许是人的狂欢节
被地域之火照亮的眼睛
正反射出遥远的天光

六

尼采，一个衰老的年轻人
披头散发

目光迷离
站在天堂门口
检视过来的岁月
像撕碎了一地稿纸

从门里发出的诘问
能否勾起你曾有的激情
所有睿智的发言
都已随青春的脚步流失
然而人间还在流传你的声音
真理是什么
你是否还记得当初的诠释
真理？你不认识真理吗
难道它不是
对我们全部羞耻心的谋杀

被谋杀的羞耻心
仍然要追求幸福
幸福所需要的是多么简单
只是一支风笛的声音
没有音乐
生活会是一个错误

你曾经想象
甚至上帝也是唱歌的
此刻，在天堂门口
你听见上帝的歌唱了吗

天堂的大门里
传来了风笛的鸣响
还有云霞一般弥漫的歌声
没有人听懂那歌声是什么语言
但旋律却似曾相识
熟悉而又陌生
音乐滋润人类的心灵
也为那些在暗中飞动的病毒
伴奏
变幻的旋律中
孕育着欢乐的阴谋

你说：不必担忧
音乐无罪
音乐不会被消灭
音乐在不断纠正流行的错误
音乐为病毒伴奏时

人类正无奈地和病毒
共生
喧闹中保持静穆
幽暗中追寻光亮
隔绝时门户畅通
你说：那些弄不死你的
会使你变得更加强大

七

在黑暗的尽头
在光明的尽头
在苦难的尽头
在欢悦的尽头
在迷惘的尽头
在思想的尽头
在路的尽头
在梦的尽头
静静耸立着
那扇神秘的门

吱呀一声微响

那扇紧锁的大门悄然开启
云雾缭绕
从门外涌入门内
又从门内飘向门外
此时，已无法分辨
门里和门外

聚集在门外的哲人们
面面相觑
等待的岁月之光
辐射在不同色彩的瞳仁中
此时也已一片迷蒙
门里和门外
到底有什么区别

历经沧桑的人啊
满腹经纶的人啊
不甘沉沦的人啊
弃暗投明的人啊
步履蹒跚的人啊
为什么
在看似接近终极的时刻

你们进退两难

你们举步维艰

……

2020 年盛夏，三稿于四步斋